VENTE AUX ENCHÈRES PUBLIQUES

HOTEL DROUOT, SALLE N° 2

Les Mercredi 24 et Jeudi 25 Avril 1907

A DEUX HEURES

EXPOSITION PUBLIQUE

Le Mardi 23 Avril 1907

DE DEUX HEURES A SIX HEURES

SUCCESSION

DE

Mme la Marquise de LOUVENCOURT

IMPRIMERIE DE L. STEINER

COMMISSAIRES-PRISEURS

M° MARLIO et M° BRICOUT

20, rue des Pyramides | 10, rue Sainte-Cécile

EXPERTS

MM. PAULME & B. LASQUIN Fils

10, rue Chauchat | 12, rue Laffitte

CATALOGUE

DES

TABLEAUX, PASTELS, AQUARELLES

ANCIENS ET MODERNES

Par, d'après ou attribués à :

DE BEAUMONT, BIARD, BREKELEMKAMP, J. BREUGHEL, COYPEL, DECAMPS,
DE DREUX, DROLLING, DUPLESSIS, DUVERGER, VAN DYCK, FERGUSSON, GOUBAU,
HUILLIOT, JACOMIN, JORDAENS, LACROIX, LANSNÉ,
MISERFALL, MOLENAER, OLYSAZ, OUDRY, PASCAL, C. PŒLEMBURG, POURVOYEUR,
TENIERS, J.-F. DE TROY, VALLIN, VOIRIOT,
DES ÉCOLES HOLLANDAISE, FRANÇAISE, ITALIENNE.

ESTAMPES DU XVIIIe SIÈCLE

Miniatures, Bonbonnières, Objets de Vitrine

Miniature Portrait de Femme par HALL

MANUSCRIT AVEC ENLUMINURES DE LA FIN DU XVe SIÈCLE

OBJETS DIVERS

FAÏENCES ET PORCELAINES

Sculptures, Bronzes d'Art et d'Ameublement, Pendules

MEUBLES ET SIÈGES ANCIENS

Petit Bureau en Marqueterie de TOPINO

TAPISSERIES

Le tout dépendant de la Succession de

Mme la Marquise de LOUVENCOURT

Dont la vente aux enchères publiques aura lieu

HOTEL DROUOT, SALLE N° 2

Les Mercredi 24 et Jeudi 25 Avril 1907, à deux heures

COMMISSAIRES-PRISEURS

Me MARLIO
20, rue des Pyramides

Me BRICOUT
10, rue Sainte-Cécile

EXPERTS

MM. PAULME & B. LASQUIN Fils
10, rue Chauchat   12, rue Laffitte

PARIS

Chez lesquels se trouve le présent Catalogue

EXPOSITION PUBLIQUE

LE MARDI 23 AVRIL 1907, SALLE N° 2, DE 2 HEURES A 6 HEURES

CONDITIONS DE LA VENTE

Elle sera faite *au comptant*.

Les adjudicataires paieront *dix pour cent* en sus des enchères.

L'Exposition permettant au public de se rendre compte de l'état et de la nature des objets mis en vente, aucune réclamation ne sera admise une fois l'adjudication prononcée.

ORDRE DES VACATIONS

Première vacation, le Mercredi 24 Avril

Deuxième vacation, le Jeudi 25 Avril

Imprimerie de l'Art, Ch. Berger et Cie, 41, rue de la Victoire. — Paris.

DÉSIGNATION

TABLEAUX ANCIENS
ET MODERNES
PASTELS, GOUACHES

BEAUMONT (E. DE)

1 — *Jadis et Aujourd'hui.*

Deux petites aquarelles.

BIARD (François)

2 — *Moines déjeunant dans un paysage.*

Toile signée.

BREKELEMKAMP

3 — *Vieille Femme peignant un Enfant.*

Panneau. Haut, 57 cent.; larg., 54 cent.

Cadre ancien en bois sculpté.

BREUGHEL (Johann)

10 20

4 — *Rue de Village un jour de foire aux bestiaux.*

— *Marché sur une place publique.*

Deux pendants.

Panneau. Haut., 62 cent.; larg., 90 cent.

COYPEL (Attribué à)

340

5 — *Junon sur les nuages, avec amours tenant des torches enflammées.*

Toile. Haut., 84 cent.; larg., 1 m. 28 cent.

COYPEL (J.-F.)

2 200

6 — *L'Enlèvement d'Europe.*

Toile signée et datée : 1722.

Haut., 90 cent.; larg., 1 m, 2 cent

DECAMPS (Genre de)

7 — *Jeune Femme et deux Enfants à une fontaine.*

Aquarelle.

DREUX (Alfred de)

1200

8 — *Rendez-vous de Chasseurs à un carrefour.*

Haut., 41 cent.; larg., 63 cent.

DROLLING (Attribué à

300 9 — *Portrait d'Enfant.*

En costume rouge, gilet à col blanc.

Toile. Haut., 46 cent.; larg., 38 cent.

300 10 — *Portrait semblable au précédent.*

Haut., 48 cent.; larg., 39 cent.

DUPLESSIS

150 11 — *Campements militaires.*

Deux pendants.

Panneau. Haut., 37 cent.; larg., 45 cent.

DUPLESSIS

155 12 — *Convois militaires.*

Panneau. Haut., 35 cent.; larg., 50 cent.

DUVERGER

13 — *Intérieur d'épicerie.*

Panneau.

DYCK (Attribué à Van)

2.500 14 — *Portrait d'Homme en grisaille.*

Panneau.
Cadre ancien en bois sculpté.

DYCK (Ecole de Van)

680

15 — *Portrait d'Homme à collerette, vu de trois quarts à gauche.*

Toile. Haut., 45 cent.; larg., 37 cent.

Cadre ancien en bois sculpté.

FERGUSSON

86

16 — *Renard et poules et renard et oiseaux.*

Deux pendants.
Toile.
Cadre ancien en bois sculpté.

GOUBAU (F.)

435

17 — *Fête de Village.*

Toile.

Toile, Haut., 88 cent.; larg., 1 m. 3 cent.

HUILLIOT

18 — *Grand panneau décoratif.*

1200

Représentant une console, surmontée d'un buste de Bacchus couronné par l'Amour; avec corbeille de fruits, plateaux, aiguières en orfèvrerie, instruments de musique en accessoires divers, sur fond de draperie et arcade.

Toile. Haut., 2 m. 10 cent.; larg., 1 m. 80 cent.

Signé en bas à gauche.

JACOMIN

19 — *Gentilhomme recevant un Ambassadeur.*

Panneau.

JORDAENS

14.000
Michel Lévy

20 — *L'Heureuse Famille.*

Composition de six personnages.

Toile. Haut., 1 m. 17 cent.; larg., 1 m. 55 cent.

LACROIX

21 — *Paysage maritime avec personnages.*

Panneau. Haut., 14 cent.; larg., 17 cent.

LANSNÉ (De)

22 — *Passage d'une rivière par des cavaliers orien-
taux.*

Toile.

MISERFALL (1849)

23 — *Scène de patinage dans le goût Louis XV.*

Panneau. Signé et daté : 1849.

MOLENAER (Jean)

550

24 — *La Main chaude.*

Panneau. Haut., 40 cent.; larg., 36 cent.

Signé en bas à droite.

OLYSAZ

25 — *Sujet de genre.*

Panneau.

OUDRY (Attribué à)

26 — *Poulets, pigeons, compotier de pêches posé sur une table de cuisine, près de laquelle sont des légumes divers et un chat.*

Dessus de porte.

Toile. Haut., 95 cent.; larg., 1 mètre.

OUDRY (Attribué à)

27 — *Chien attrapant un canard sauvage et gibier mort près d'un arbre.*

Deux dessus de porte.

Haut., 90 cent.; larg., 1 m. 7 cent.

OUDRY (Attribué à)

28 à 30 — *Chiens de chasse, gibier, fond de paysage.*

Trois peintures en forme de dessus de porte.

Toile. Haut., 97 cent.; larg., 1 m. 49 cent.
Toile. Haut., 94 cent.; larg., 1 m. 44 cent.
Toile. Haut, 95 cent.; larg., 1 m. 47 cent.

Un cadre en bois sculpté. Époque Régence.

OUDRY (Attribué à)

31 — *Chasseur avec ses chiens, assis au pied d'un arbre.*

Toile. Haut., 82 cent.; larg., 1 m. 14 cent.

PASCAL

32 — *Nature morte : lièvre et volatiles.*

Toile,

PASCAL

33 — *Vase de fleurs.*

Panneau.

PŒLEMBURG (Kornelis)

34 — *Baigneuses.*

Deux pendants.

Panneau. Haut., 22 cent. 1/2 ; larg., 25 cent.

POURVOYEUR (Attribué à)

35 — *Portrait de Magistrat.*

Pastel de forme ovale.

TENIERS (Attribué à)

36 — *Saint-Antoine.*

Panneau.

TENIERS (Attribué à)

37 — *Les Singes peintres.*

Cuivre. Haut., 23 cent.; larg., 34 cent.

TENIERS (Ecole de)

38 — *Joueurs de cartes dans un intérieur.*

Panneau. Haut., 57 cent.; larg., 83 cent.

TROY (Jean-François de)

39 — *L'Optique.*

Jeune femme regardant la flamme d'une bougie
au travers d'une loupe.

Toile. Haut., 92 cent.; larg., 30 cent.

VALLIN

40 — *Portrait de Jeune Femme en Flore.*

Toile de forme ovale.

Haut., 80 cent.; larg., 4 cent.

VOIRIOT (Guillaume)

41 — *Portrait d'abbé.*

Toile, Haut., 74 cent.; larg., 60 cent

VOIRIOT (Guillaume)

42 — *Portrait d'Homme.*

Vêtu d'un habit rouge, jabot de dentelle, tenant
son tricorne sous le bras gauche.

Portrait de Femme.

En robe gris perle, décolletée, et fleurs dans la
chevelure.

Deux pendants.

Toiles, Haut., 73 cent. ; larg., 59 cent.

ECOLE HOLLANDAISE

43 — *Paysages, avec troupeau de chèvres et bai-*
gneuses.

> Deux pendants.
>> Toiles. Haut., 1 m. 50 cent.; larg., 1 m. 54 cent.

ECOLE HOLLANDAISE

44 — *Moutons au pâturage.*

> Panneau.

ECOLE HOLLANDAISE

45 — *Vaches au pâturage, près de canaux, en Hol-*
lande.

> Deux pendants.
> Panneau.

ÉCOLE FRANÇAISE (xviiie siècle)

46 — *Portrait de Jeune Fille.*

> Assise dans un fauteuil, tenant une guirlande de
fleurs.
>> Toile. Haut., 72 cent.; larg., 58 cent.

> Cadre. Époque Louis XIII en bois sculpté.

ÉCOLE FRANÇAISE (xviiie siècle)

47 — *Portrait de Femme.*

> En robe bleue, avec un fichu noir sur la tête.
> Pastel de forme ovale.

ÉCOLE FRANÇAISE (xviiie siècle)

48 — *Portrait d'Homme.*

En habit bleu.
Pastel ovale.

ÉCOLE FRANÇAISE (xviiie siècle)

49 — *Portrait d'Homme âgé.*

En habit clair, avec une rose à la boutonnière.
Pastel ovale.

ÉCOLE FRANÇAISE

50 — *Portrait d'Enfant.*

Les cheveux blonds bouclés, et tenant un livre.
Toile. Haut., 53 cent.; larg., 45 cent.

ÉCOLE FRANÇAISE

51 — *Portrait de Femme.*

En robe blanche décolletée, drapée dans un manteau bleu.
Toile. Haut., 47 cent.; larg., 37 cent.

ÉCOLE FRANÇAISE

52 — *Jeune Femme tenant des raisins, et Amours.*
Toile ovale.
Haut., 80 cent.; larg., 64 cent.

ECOLE FLAMANDE

53 — *Le Savetier*.

Panneau. Haut., 33 cent. 1/2; larg., 25 cent 1/2.

Cadre Epoque Louis XIV, bois sculpté.

ÉCOLE ITALIENNE

54 — *La Vierge et l'Enfant Jésus*.

Toile.

ÉCOLE ITALIENNE

55 — *Tête de Vierge et le Christ*.

Cuivre.

56 — *La Nativité*.

Gouache de l'époque Louis XIV.

GRAVURES

BIGG D'après)

57 — *A Lady and her Children releiving a Cottager*.
School Boys giving charity to a Blind Man.

Deux gravures en manière noire, faisant pendants, gravées par *Smith*.

Epreuves avec la lettre tracée.

DIETRICY (D'après)

58 — *Les Offres réciproques et les Musiciens ambulants.*

Deux gravures en noir, par *J.-G. Wille*.

HUYSUM (D'après Van)

59 — *Fruit piece. — Flower piece.*

Deux gravures en manière noire, faisant pendants, gravées par *R. Earlom*. Épreuves avant la lettre.

MOREAU (J.-M.) Le Jeune

60 — *Le Feu d'artifice et arrivée de la Reine à l'Hôtel de Ville.*

Gravure en noir.

MOREAU (J.-M.) Le Jeune

61 — *Le Bal masqué et le Festin royal.*

Deux gravures en noir.

VIGÉE-LEBRUN et BOZE (D'après Mme)

62 — *Portraits de Louis XVI et de Marie-Antoinette.*

Deux gravures faisant pendants.
Cadres anciens, en bois sculpté.

63 — *Sujet mythologique.*

Gravure et broderie.

MINIATURES, BONBONNIÈRES

OBJETS DE VITRINE

MANUSCRIT DU XVᵉ SIÈCLE

64 — Miniature ovale sur vélin : Portrait de femme.

65 — Miniature ovale, peinte en émail : Portrait d'homme. Époque Louis XVI. Cadre en bronze.

66 — Miniature ovale : Portrait d'homme à perruque. Époque Louis XIV. Cadre en bronze.

67 — Miniature ovale : Portrait de femme. xviiiᵉ siècle. Cadre en bronze de style Louis XVI.

68 — Miniature ovale : Portrait d'homme. Époque Louis XVI. Cadre en bronze.

69 — Petite miniature ovale : Portrait d'homme en habit à grands revers. Époque Louis XVI.

70 — Deux petites miniatures ovales : Portraits d'officiers. Époque Louis XVI.

71 — Miniature ovale dans le genre de FRAGONARD : Portrait de jeune femme. xviiiᵉ siècle. Cadre noir.

72 — Reliquaire en forme de maison. Émail champlevé et cuivre, avec cabochons en pierre. xiiiᵉ siècle.

110

73 — Miniature ronde : Portrait de femme âgée.
xviiie siècle. Cadre noir.

160

74 — Miniature de forme ovale : Portrait d'officier
en uniforme bleu. Epoque Empire.

510

75 — Grande miniature ovale : Portrait d'homme
en habit bleu et gilet blanc, fond de paysage.
Cadre en bronze et citronnier. Epoque de la
Restauration.

150

76 — Miniature ovale : Portrait de femme décolletée
et ceinture bleue. Restauration. Cadre en or.

100

77 — Deux miniatures ovales faisant pendants :
Portraits d'homme et de femme. Restauration.
Cadres en bronze.

2.100
Paulme

78 — Miniature : Portrait de femme en robe bleue
décolletée, avec fichu de gaze attaché sur la
poitrine par un bouquet de roses. Fond de
paysage, avec vase sur la droite, sur lequel se
trouve la signature de HALL. Epoque Louis XVI.

Forme ronde. Diam. 7 cent. 1 2.

600

79 — Deux miniatures ovales faisant pendants :
Portraits d'homme et de femme. Signées HOLLIER.
Cadres en or en partie émaillée.

180

80 — Miniature ovale : Portrait de jeune femme en
robe de velours vert, col de dentelles et ceinture
de soie bleue ; la chevelure parée d'un diadème
de corail, par ALDOLPHE DE LANNOY. Signée et
datée: *1818*.

81 — Miniature ovale : Portrait d'homme en habit noir et gilet blanc, par Edouard Liénard. Signée et datée : *1812*.

82 — Très petite gouache de forme ovale : paysage dans le genre de Louis Moreau. XVIIIe siècle.

83 — Bonbonnière ronde, montée en or à cage. Sur le dessus, miniature en grisaille : Portrait d'homme. Signée : *de Gault*. Epoque Louis XVI.

84 — Miniature de forme ovale : Portrait d'homme, par Toulza. Signée à gauche.

85 — Boitier de montre en émail, décoré d'un portrait d'homme et de femme, avec bordure à décor de personnages. Epoque Louis XV.

86 — Petite bonbonnière ronde, décorée au vernis, cerclée d'or. Epoque Louis XVI.

87 — Bonbonnière ronde en écaille brune. Sur le dessus, dessin au crayon : *Jeune femme et ses deux enfants*. Dans un intérieur. Epoque Louis XVI.

88 — Tabatière de forme oblongue en écaille sculptée en relief, avec incrustations d'argent à motifs de rocailles : Fleurs et oiseaux. Epoque Louis XV.

89 — Tabatière de forme ovale en argent ciselé et doré en partie. Dessus et dessous en verre ; laissant voir un double couvercle en argent. Epoque Louis XV.

90 — Etui en nacre incrustée de feuillages et attributs en or et argent, renfermant deux petits flacons. Epoque Louis XVI.

91 — Boite en forme de cube en écaille brune, incrustée d'argent. XVIIIe siècle.

92 — Deux petites coupes en agate, dont une avec pied en bronze doré orné d'émaux.

93 — Très petit coffret en agate, reposant sur quatre pieds formés de boules et monture en cuivre doré.

94 — Petite boite en forme de malle en agate, monture en cuivre ciselé et doré.

95 — Autre coffret plus petit en lapis-lazuli, sur quatre pieds formés de boules et monture en cuivre doré.

96 — Tabatière en cuivre argenté, repoussé et ciselé, ornée sur le couvercle d'un sujet mythologique et rocaille, fleurs sur les côtés.

97 — Esturgeon articulé et deux petites boites en argent et une en cuivre argenté.

98 — Deux petites boites ovales, dont une en cristal taillé, montures en cuivre doré Empire; l'autre en cuivre argenté, avec couvercle en émail: Sujet d'amours dans un paysage.

99 — Etui en écaille, peint au vernis, à sujet d'amours.

100 — Deux petites lorgnettes dans leur écrin. Époque de la Restauration.

101 — Boîte ronde en ivoire, avec chiffre en or sur le couvercle.

102 — Objets de vitrine divers : carnet, cachet, etc.

103 — MANUSCRIT DE LA FIN DU XVe SIÈCLE sur vélin ; toutes les pages avec encadrement à rinceaux feuillagés, fruits et fleurs, lettres ornées, seize grandes miniatures et trente petites.

OBJETS DIVERS

104 — Baromètre de forme ovale en bois sculpté et doré. Époque Louis XVI.

105 — Paire de flambeaux en cristal sur socle en biscuit de Weedgwood, à médaillon de personnages, sur fond bleu. Monture en bronze.

106 — Bénitier en émail, encadrement en bronze doré, orné de cabochons en matières dures.

107 — Miroir, avec cadre italien à ramages et amours, en bois sculpté et doré.

108 — Montre de bureau couronnée d'un aigle aux ailes déployées, en bronze doré. Époque Empire.

109 — Trois éventails, dont un pailleté et deux feuilles décorées à la gouache de sujets galants. Époque Louis XVI.

110 — Paire de girandoles à quatre lumières en bronze doré, ornées de cristaux.

111 — Trois coupes en marbre, dont deux avec pied.

112 — Boîte en laque rouge de Pékin, ayant la forme d'un fruit.

113 — Paire de petits miroirs en bois sculpté, de style Régence.

FAIENCES ET PORCELAINES

114 — Paire de vases en faïence décorée, anses à dragons.

115 — Garniture de trois grands vases à col évasé, en porcelaine de Chine, fond rouge fer, décorés de réserves de fleurs et oiseaux dans un paysage, en émaux de couleurs sur fond blanc.

116 — Paire de pots, avec couvercles, en ancienne porcelaine de Chine bleue; monture en bronze doré, de style Louis XIV.

117 — Coupe, en forme de feuille, en ancien grès de Chine, sur socle en bois de fer ajouré.

118 — Vase en ancienne porcelaine de Chine, décorée de quatre réserves, deux sur fond bleu, fleurs et rochers; deux sur fond vert clair, fleurs et pêcher fleuri en bleu, rouge et or. Monture en bronze doré, de style Louis XV.

119 — Paire de candélabres, formés chacun d'une
petite potiche et d'un petit cornet, en ancienne
porcelaine de Chine, décorée en émaux de couleurs, surmontés de branches porte-lumières
en bronze doré, de style Louis XV.

120 — Grande potiche en ancienne porcelaine du
Japon, décor de fleurs et oiseaux en bleu, rouge,
et or, et émaux de couleurs. Monture en bronze.

121 — Paire de candélabres, formés chacun d'un
vase, en porcelaine de Canton, avec base et
bouquet de lumières en bronze.

122 — Paire de vases à col évasé en porcelaine de
Canton, décor de fleurs et personnages en
réserve.

123 — Paire de vases en porcelaine de Canton,
décor de fleurs et sujets familiers, surmontés
d'un bouquet de fleurs de lys en bronze doré,
formant porte-lumières.

124 — Paire de petites potiches couvertes en porcelaine du Japon.

125 — Deux tasses et leur soucoupe en ancienne
porcelaine tendre de Sèvres, à décor de rinceaux, guirlandes de fleurs et bandes, à fond
jaune et bleu. (Mauvais état.)

126 — Soucoupe en ancienne porcelaine tendre de
Sèvres, décor de fleurs au centre et bandes,
fond blanc entre deux bandes, fond vert, décor
d'or.

127 — Deux cache-pot en porcelaine, pâte tendre, fond gros bleu et bleu turquoise, à réserves de fleurs sur fond blanc.

128 — Vase forme Médicis en porcelaine de Paris, fond bleu violet, décor en dorure, orné de godrons et feuillages en relief. Époque Empire.

129 — Paire de vases en porcelaine de Paris, fond gros bleu avec réserve, à décor de chinois en dorure sur fond bleu, feuillages grecques et rinceaux en dorure, avec bouquet porte-lumière formé de fleurs de lys en bronze doré.

130 — Paire de vases à col évasé en ancienne porcelaine de Paris, à décor de rinceaux et fleurs, et de deux corbeilles de fleurs et fruits en réserve dans des encadrements ocre; anses formées d'anneaux.

131 — Paire de vases en porcelaine de Paris, décor en dorure, avec sujet religieux en couleur. Époque Empire.

132 — Paire de vases, à piédouche, en ancienne porcelaine de Paris, époque Empire, décorée par bandes horizontales de pampres de vignes, jeux d'Amours en grisaille sur fond blanc et de guirlandes de fleurs, et marbrures en dorure sur fond brun; anses à grecques; ils supportent des bouquets porte-lumières formés de fleurs de lys en bronze.

133 — Paire de vases avec couvercle en porcelaine genre Sèvres, fond bleu turquoise, ornée de godrons, cannelures rinceaux, fleurs, fruits, émaux et d'un portrait de jeune fille. Style Louis XVI.

134 — Bustes de Louis XVI et de Marie-Antoinette en porcelaine bleu turquoise; imitation de Sèvres.

135 — Grand vase en céladon jaune, décoré en relief d'un pêcher en fleurs, de chrysanthèmes, branches de roseaux et oiseaux en couleur, monture en bronze doré de style Louis XV.

SCULPTURES

BRONZES D'ART ET D'AMEUBLEMENT

LUSTRES, LANTERNES

136 — FALCONET (D'après). Statuette de baigneuse en marbre blanc.

Haut., 82 cent.

137 — Statuette de jeune femme, figurant *la Source*, en marbre blanc.

Haut., 82 cent.

138 — Buste d'enfant en marbre blanc.

139 — La Petite Marchande de fleurs, statuette en bronze ciselé et doré.

140 — Paire de flambeaux en bronze ciselé et doré à guirlandes de lauriers et rangs de perles. Style Louis XVI.

141 — Cheval au trot en bronze patiné. Socle en marbre.

142 — Bronze de MÈNE. Lièvre aux écoutes.

143 — Bronze de MÈNE. Chien de chasse rapportant un canard sauvage.

144 — Bronze de MÈNE. Levrier tenant un lièvre.

145 — Bronze de MÈNE. Chiens de chasse en arrêt devant une perdrix.

205

146 — Bronze de MÈNE. Sanglier attaqué par des chiens.

147 — Bronze de I. BONHEUR. Mouton courant.

148 — Paire de girandoles à six lumières en bronze doré, ornées de cristaux. Style Louis XIV.

675

149 — Lustre Louis XIV, à douze lumières, en bronze doré et cristaux.

150 — Paire d'appliques à deux lumières, en bronze doré. Epoque Louis XV.

151 — Paire d'appliques à trois lumières, en bronze doré. Epoque Louis XV.

152 — Grande lanterne d'antichambre, en bronze doré, de style Louis XVI. (Disposée pour le gaz).

153 — Grande lanterne d'antichambre, en bronze doré, de style Louis XVI. (Disposée pour le gaz).

154 — Lanterne d'antichambre, de forme cylindrique, en bronze doré. Style Louis XV.

155 — Grand lustre en bronze et cristaux.

156 — Lustre semblable au précédent.

157 — Deux petites appliques à quatre lumières, en bronze, avec miroir. Style Louis XIV.

158 — Petit lustre à neuf lumières, en bronze ciselé et doré, formé d'une boule surmontée d'un amour, et les porte-lumières de cygnes. Epoque Empire.

159 — Paire de candélabres à trois lumières, en bronze et cristaux. Epoque de la Restauration.

PENDULES

GARNITURES DE CHEMINÉE

295

160 — Pendule-cartel avec son socle de suspension, en marqueterie de cuivre et d'écaille, surmontée d'une statuette de Renommée. Epoque Louis XIV.

161 — Petite pendule-cartel en marqueterie de cuivre sur écaille. Signée de *Tostain à Paris*. Epoque Louis XIV.

162 — Pendule-cartel avec son socle de suspension, en marqueterie de cuivre et d'écaille, ornée de bronzes dorés, surmontée d'une statuette d'Amphitrite. Epoque Louis XIV.

1.300

163 — Garniture de cheminée monumentale composée de : une pendule formée d'une sphère avec amours sur des nuages et de deux candélabres formés chacun d'une statuette d'Amour portant un bouquet de dix lumières en bronze doré. Style Louis XVI.

680

164 — Garniture de cheminée en porcelaine gros bleu et bronzes dorés, composée d'une pendule, deux candélabres et deux flambeaux. Style Louis XVI.

440

165 — Garniture de cheminée en bronze doré, du temps de la Restauration, composée d'une pendule surmontée d'une jeune femme assise, couronnant deux oiseaux, et deux candélabres à quatre lumières.

166 — Pendule en bronze doré, forme portique, à colonnettes fuselées et draperies. Epoque Empire.

167 — Garniture de cheminée, composée de : une pendule surmontée d'une statuette de dessinateur et deux candélabres à quatre lumières. Epoque de la Restauration.

SIÈGES

168 — Bergère à oreilles, du temps de Louis XV, en bois sculpté et doré, couverte de tapisserie à la main.

169 — Petit canapé en bois sculpté doré, de style Louis XV, couvert de soie rouge.

170 — Deux chaises, de style Louis XV, en bois sculpté doré, recouvertes de damas rouge.

171 — Six fauteuils en bois sculpté doré, du temps de Louis XVI, décor de feuillages, enroulements de rubans, à quatre pieds fuselés. Trois sont recouverts en tapisserie de Neuilly, les trois autres en damas rouge.

172 — Petit canapé à dossier arrondi en bois sculpté peint et doré, à enroulements de rubans et rangs de perles : il repose sur six pieds fuselés et cannelés. Epoque Louis XVI. Porte l'estampille de *Jacob*.

173 — Canapé en bois sculpté doré, du temps de Louis XVI, orné de nœuds et enroulements de rubans et rangs de perles ; il repose sur six pieds fuselés et cannelés.

174 — Deux fauteuils en bois sculpté doré, à dossier ovale, à ornements, enroulements et nœuds de rubans et rangs de perles ; pieds fuselés et cannelés. Epoque Louis XVI. Couverts en tapisserie de Neuilly.

175 — Deux chaises en bois sculpté doré, à dossier ovale et ornements d'enroulements et nœuds de rubans ; à pieds fuselés et cannelés, du temps de Louis XVI. Elles sont couvertes de tapisserie de Neuilly à fleurs.

176 — Grande chaise longue en bois sculpté, peint blanc. Epoque Louis XVI.

177 — Fauteuil en bois sculpté doré, recouvert de soierie rouge. Style Louis XV.

MEUBLES

178 -- Petit bureau en bois noir, avec inscrustations de nacre, os et étain, à quatre pieds carrés. Époque Louis XIII.

800

179 — Petite commode en marqueterie de bois de couleur, ouvrant à trois tiroirs ; dessus de marbre blanc. Poignées, entrées de serrures en bronze doré. Époque Louis XIII.

180 — Petit cabinet en laque, ouvrant à deux portes et tiroirs à l'intérieur, décoré de dragons. Époque Louis XIV.

455

181 — Grand cabinet en laque, ouvrant à deux portes et tiroirs à l'intérieur, orné de ferrures en cuivre gravé et doré. Il repose sur une console à quatre pieds cambrés. Époque Louis XIV.

182 — Deux consoles-supports en bois sculpté doré. Époque Louis XIV.

160

183 — Paire de consoles-appliques en bois finement sculpté et doré, ceinture ajourée, à feuillages et coquille ; pieds cambrés à dragons, reliés par un entre-jambe rocaille. Dessus de marbre blanc. Époque Régence.

4.680

184 — Petit bureau de dame, dit bonheur-du-jour, de forme ovale, en marqueterie de bois de couleur, à fleurs et ustensiles. Il ouvre à un tiroir

dans la ceinture et deux portes à secret et un
tiroir à la partie supérieure. Il repose sur quatre
pieds cambrés, reliés par une tablette d'entrejambe et orné d'une galerie ajourée de chutes
et sabots en bronze. Epoque Louis XV. Estampille de *Topino*.

185 — Bureau dos d'âne, de l'époque Louis XV, en
marqueterie de bois de couleur, orné de bronzes
dorés.

186 — Console en bois sculpté doré, frise à rinceaux
feuillagés et fleurs, entrejambe rocaille et oiseau.
Dessus de marbre blanc. Epoque Louis XV.

187 — Console semblable à la précédente, avec
quelques variantes dans la sculpture, de style
Louis XV.

188 — Commode à trois tiroirs en bois de placage.
Dessus de marbre. Epoque Louis XV.

189 — Console en bois sculpté et doré, à guirlandes
de lauriers, entrejambe orné d'un bouquet de
roses. Dessus de marbre. Epoque Louis XV.

190 — Commode, à cinq tiroirs, en bois sculpté
orné de bronzes, dessus de marbre. Epoque
Louis XV.

191 — Commode en bois de placage, à cinq tiroirs,
poignées à médaillons ; dessus de marbre.
Epoque Louis XV.

690

192 — Bureau de dame bonheur-du-jour en marqueterie de bois, ouvrant à tiroirs et portes à coulisse. Époque Louis XV.

270

193 — Petit bureau de dame, de forme dos d'âne, en marqueterie de bois de rose et de violette, orné de frises feuillagées en bronze. Style Louis XV.

105

194 — Petit meuble en marqueterie de bois de violette, ouvrant à abattant, orné d'une peinture au vernis : Jeux d'enfants dans un parc, orné de bronzes; dessus de marbre. Style Louis XV.

390

195 — Paire de consoles en bois sculpté et doré, à pieds fuselés et cannelés, à guirlandes de fleurs, entrejambe orné d'un vase fleuri; dessus de marbre blanc. Époque Louis XVI.

196 — Paire de petites consoles, forme demi-lune, en bois sculpté doré, ceintures feuillagées, ajourées, rangs de perles et guirlande de roses retenues par un nœud de ruban; pieds fuselés et cannelés, reliés par un entrejambe orné d'un vase cassolette. Époque Louis XVI.

197 — Secrétaire droit en acajou. Époque Louis XVI.

198 — Petite commode en acajou, filets de cuivre, à trois tiroirs; dessus de marbre blanc. Époque Louis XVI.

199 — Bureau-commode, ouvrant à abattant et trois
tiroirs, en marqueterie de bois de couleur.
Epoque Louis XVI.

200 — Table à ouvrage en acajou, à trois tiroirs,
avec tablettes d'entrejambe et dessus de marbre
blanc à galerie de cuivre. Epoque Louis XVI.

201 — Commode en marqueterie de bois de couleur, à trois rangs de tiroirs; dessus de marbre
gris. Epoque Louis XVI.

202 — Régulateur en acajou.

203 — Commode en acajou à trois rangs de tiroirs,
ornée de bronzes: dessus de marbre noir. Epoque Empire.

204 — Secrétaire en acajou, ouvrant à abattant et
deux portes à la partie inférieure. Epoque de
la Restauration.

205 — Cabinet en ébène sculpté, ouvrant à deux
portes à bas-relief, sujets à personnages: sur
base à colonnettes torses. Epoque Louis XIII.

206 — Petit cabinet en marqueterie d'étain, simu-
lant la vannerie, sur laque.

207 — Petit bureau ouvrant à abattant en ébène et
marqueterie d'os. Travail italien.

208 — Table à deux tiroirs en marqueterie à fleurs. Travail hollandais, xviiie siècle.

209 — Régulateur en acajou de la maison *Caudron, élève de Bréguet.*

TAPISSERIES

210 — Suite de trois tapisseries flamandes, du temps de la Renaissance, représentant des épisodes guerriers à grands et petits personnages; fond de paysage. Larges bordures fond jaune, encadrement avec arabesques, figures allégoriques, fleurs, fruits, entre deux étroites bordures fleurdelisées.

> Dimensions : Haut., 3 m. 55 cent.; larg., 3 mètres.
> Haut., 3 m. 45 cent.; larg., 4 m. 30 cent.
> Haut., 3 m. 60 cent.; larg., 3 m. 75 cent.

211 — Tapisserie de Flandre : verdures avec habitations et perroquets au premier plan; bordures anciennes sur deux côtés. Epoque Louis XIV.

> Haut., 2 m. 40 cent.; larg., 1 m. 80 cent.

212 — Portière en ancienne tapisserie d'Aubusson : petite verdure, encadrée d'une bordure à feuillages et fleurs. Epoque Louis XIV.

> Haut., 2 m. 20 cent.; larg., 1 mètre.

213 — Tapisserie-verdure d'Aubusson : renard tenant une poule ; encadrement de bordures sur trois côtés. Epoque Louis XIV.

Haut., 2 m. 50 cent.; larg., 1 m. 80 cent.

214 — Petite tapisserie d'Aubusson : verdure, avec habitations et volatiles ; encadrement de bordures à feuillages. XVIIIᵉ siècle.

Haut., 1 m. 80 cent.; larg., 3 mètres.

215 — Beau tapis, à fleurs dans des réserves d'encadrement de rinceaux et guirlandes fleuries, fond rouge ; bordure à fond blanc, à réserves dans les milieux de bouquets de fleurs.

Haut., 7 m. 20 cent.; larg., 6 mètres.

216 — Objets omis au Catalogue.

RED. :

22

MIRE ISO N° 1
NF Z 43-007
AFNOR
Cedex 7 - 92080 PARIS-LA-DÉFENSE

graphicom

www.ingramcontent.com/pod-product-compliance
Lightning Source LLC
LaVergne TN
LVHW020621180726
843502LV00006B/1806